Nyah and continuation
にゃぁ と けいぞく
Nhá e continuação

noryco

There is a cat who cannot do anything.

何もできない猫がいました。

Havia um gato que não sabia fazer nada.

The cat is called "Nyah".

猫は「にゃぁ」とよばれていました。

O gato era chamado de "NHÁ".

It was because all he could do was to meow, like "Nyah".

にゃぁにゃぁと「なくこと」くらいしかできなかったからです。

Pois só sabia miar: "Nyaa nyaa (miau, miau)".

This is the world of the cats.

ここは、猫の国。

Aqui é a terra dos gatos.

All cats are able to do something besides simply meowing.

どの猫も、なくことの他に　できることを持っていました。

Os gatos tinham habilidades, além de miar.

Each one uses their own "skills" to exchange
what they want with each other.
That was the rule of this land.

その「できること」を使って、お互いに欲しいものを交換しあうのが、
この国の決まりでした。

Cada um usa suas próprias "habilidades" para trocar
o que desejam uns com os outros.
Essa era a regra deste país.

Nyah always thinks, he wants to be "humble",
"preserve lives", "be grateful", remember "EN" (bonds),
"along with friends", "to not be selfish",
"to have a wide field of view" "to feel relieved"
and he does what he can.

何もできないにゃぁは
「はずかしい気持ちを忘れずに」
「命を大切に」
「縁を感じながら」「友達と一緒に」
「感謝を忘れず」

「わがままにならないように」
「視野を広く持って」「安心して」
自分にできることが見つかるといいな、
と、思っています。

O Nhá, que não tinha habilidades
especiais, sempre lembrava em
"ser humilde", "preservando as vidas",
sentindo os "EN (vínculos)",
"junto com os amigos",
"lembrar de ser grato"
para "não ser egoísta" ,
"manter a mente aberta", e
"sentir-se aliviado".

When he arrived as always at Mao's house,
it smelled strange.

いつものようにマオの家へくると、
何かおかしな匂いがします。

Quando chegou,
como sempre,
na casa do Mao,
estava com
um cheiro estranho.

- Mao, something... is burning!! It's burning!!
said Nha worried in hurry,

「マオ、なにか・・・こげてる！！こげてるよー！！」
にゃあが慌てて言うと、

- Mao, alguma coisa ... está queimando!!
Está queimando!!
Disse o Nhá, preocupado,

Soon, Mao appeared, saying;
- Aaaa, I ended up sleeping...!

「あーーー！！！寝ちゃったよー！！うう・・・にゃぁ、ありがとう！！」
と言いながらマオが出てきました。

Logo, Mao apareceu, dizendo;
- Aaaa, acabei dormindo ...!

I just wanted to take a break….ahh

「ちょっと休憩しようと思ったんだ・・・あーあ・・・」

Eu só queria fazer uma pausa….ahh

Nha asked;
"What were you cooking?"
「いったい何を作っていたの？」
とにゃあ。
Nhá perguntou;
-O que você estava cozinhando?

Mao replied a little proudly;
"It's Anko (a sweet red bean paste)!"
マオは少し誇らしげに
「"あんこ"さ！」
と、答えました。
Mao respondeu um pouco orgulhoso;
-É Anko (uma pasta doce de feijão azuki)!

"Yesterday, we exchanged beans with Soya Cat, remember?
「昨日、大豆さんのところで、豆を交換してもらったでしょう？
- Ontem, nós trocamos feijão com o Gato-soja, lembra?

So I tried to make Anko...
I managed to get to this part but I missed it again..."

それで、作ってみたんだ・・・

でも、また失敗・・・やっとここまでできたのに・・・」

Então tentei fazer o Anko...
Consegui chegar a esta parte mas errei de novo …

"I'll help you, let's do it again?"
Mao was happy, and they tried to do it together.
「僕、手伝うよ、もう一回つくってみよう？」
マオは喜んで、二人で作ってみることになりました。
- Eu vou te ajudar, vamos fazer de novo?
Mao ficou feliz, e eles tentaram fazer isso juntos.

"Actually, 'Anko' is made from"azuki ...

「ほんとうはね、"あずき"でつくるんだ・・・

- Na verdade, 'Anko' é feito de "azuki" ...

In the city where I lived,
there was Grandma Azuki."

ボクの前いたところに
小豆ばぁちゃんが住んでてね」

Na cidade onde eu morava,
estava a Vovó Azuki.

14

He took the soy soaked in water
for a night in the pot,

一晩水につけていた大豆を鍋にいれて、

Pegou a soja embebida em água
por uma noite na panela,

added more water,
and put it on the fire...

水も入れて、コトコト・・・。

adicionou mais água
e colocaram no fogo...

"I think she knew I had no skills.
She always gave me food or azuki sweets."

「ボクが何もできないの、
　　　　知っていたんじゃないかなぁ。
いつも、小豆で作ったご飯やお菓子を、
　　　　　たくさん沢山くれたんだ。」

- Acho que ela sabia que eu não tinha habilidades.
Sempre me dava comida ou doce de azuki.

The water in the pot was boiling,
so they threw the boiled water away and added water,
and again put it on the fire...

ぶくぶくしてきたのでお湯を捨てて、また水を入れて、コトコト・・・。

A água da panela estava fervendo,
então jogamos fora a água fervida e adicionamos água
e novamente colocamos no fogo...

"I always went there at the same time,
 when I arrived she was doing the same thing.
 I boiled the azuki to make Anko.

「いつもね、同じくらいの時間に行くと、おんなじことをしてた。
 小豆を煮て、あんこづくりさ。」

-Sempre ia lá no mesmo horário,
quando chegava ela estava fazendo a mesma coisa.
Fervia o azuki para fazer Anko.

They added a little water every time
the water decreased.

水が少なくなってきたら、少し足して、
また少なくなったら足して・・・

Acrescentavam
    um pouco de água,
toda vez
    que a água diminuía.

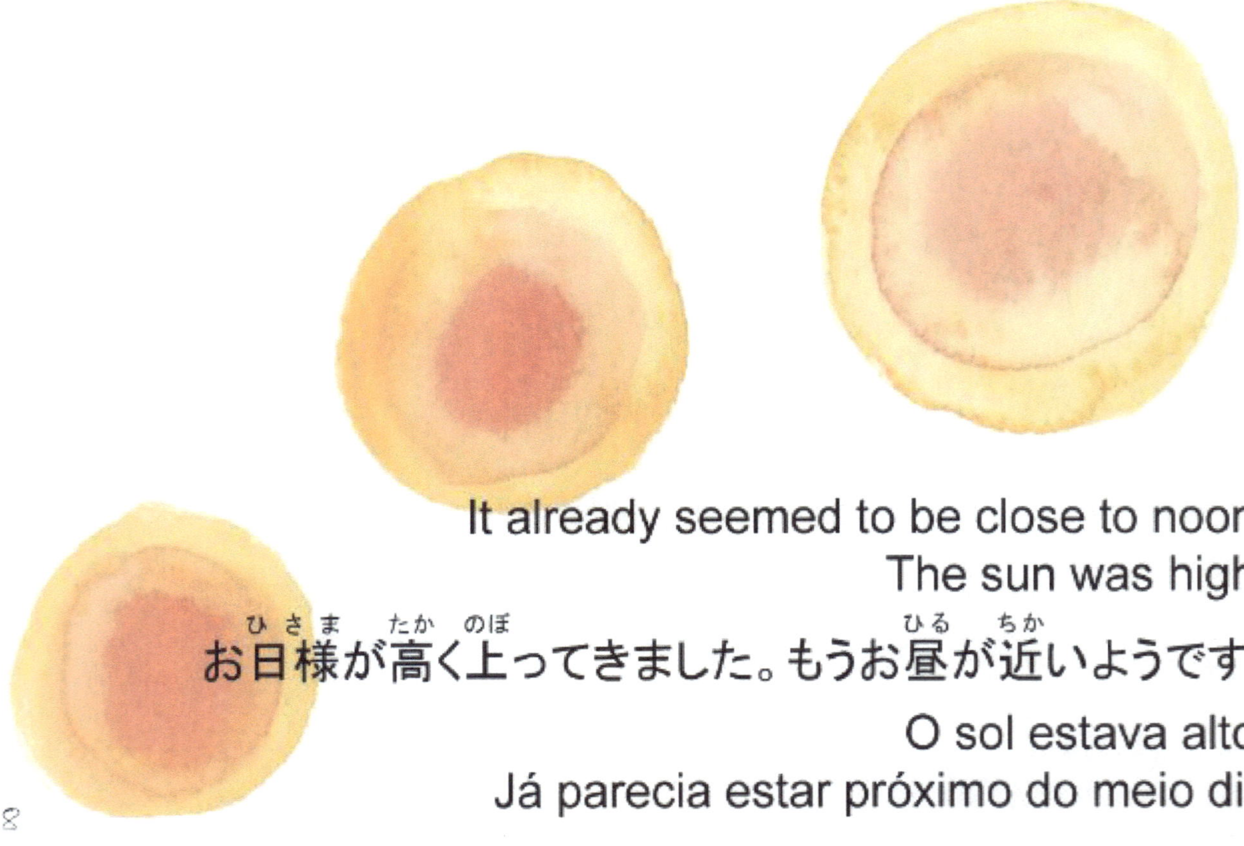

It already seemed to be close to noon.
The sun was high.

お日様が高く上ってきました。もうお昼が近いようです。

O sol estava alto.
Já parecia estar próximo do meio dia.

When I asked,
"Are you always doing the same thing, but isn't it boring?"

「ボクが、いつもおんなじことしてて、いやにならないの？って聞くと

Quando perguntei: "Sempre está fazendo a mesma coisa,
mas não é tedioso?"

Grandma Azuki laughed and said: " 'Keizoku' is important."

小豆ばぁちゃんは笑って『けいぞく』は大事なのよって。」

Vovó Azuki ria e dizia: "Keizoku" é importante.

" 'Keizoku' ? "

「『けいぞく』?」

-"Keizoku"?

"Yes, she wanted to say that we should 'keep trying, and to continue'."

「うん、続けるってことだって。

- Sim, ela queria dizer que devíamos "continuar insistindo, tentando".

Even when I did the same magic, she surprised and praised me.

ボクがおんなじマジックをやっても、
いつも驚いてくれて、すごいねぇってほめてくれた。

- Até quando eu fazia a mesma mágica,
ela me surpreendia e me elogiava.

One day, when I did another magic, of course, she praised me,

ある日 違うマジックをしたら、
もちろんほめてくれたけど、

Um dia,
quando fiz uma outra mágica,
claro, ela me elogiou,

but asked,
"Why didn't you do the usual magic?
Then said," 'Keizoku' is important, ok?"
いつものはどうしたの？って。
『けいぞく』は大事よって。
mas perguntou:
-Por que não fez a mágica de sempre?
Continuou dizendo:
　　　　-"Keizoku" é importante, viu?

Thanks to that, I'm very good at this magic."
おかげでボク、そのマジック、とっても上手になったんだ。」
Graças a isso, sou muito bom nessa mágica.

Looks like the soy in the pan is getting softer.
"Okay, so let's put it in the sieve...
And, the soybean hull will come off, we have to remove it..."

鍋の大豆が柔らかくなってきたようです。
「よーし、じゃぁザルにあげて・・・皮がむけてくるから取らないと・・・」

Parece que a soja na panela está ficando mais molinha.
-Ok, então vamos colocar na peneira ...
E, a casca vai soltar, temos que tirar ...

22

Nyah asked while
he was removing them.
取りながらにゃぁは、
Nhá perguntou enquanto
estava tirando a casca.

"Your magic improved because of the 'Keizoku'?"
「『けいぞく』のおかげでマジックがうまくなったの？」と聞きます。
-Sua mágica melhorou por causa da "Keizoku"?

23

That's right.
Grandma Azuki had to do "Keizoku"
in many things.
 When making Anko, cleaning,
washing clothes, watering flowers,
polishing pans, and many others."

「そうなの。小豆ばぁちゃんは、
　いろんなことを『けいぞく』していたんだ、
　あんこづくり、お掃除、洗濯、お花に水をやったり、鍋を磨いたり。」

-Isso mesmo. Vovó Azuki praticava o "Keizoku"
 em muitas coisas.
 Como fazer Anko, limpar,
lavar as roupas, regar flores,
polir panelas e entre várias outras.

After removing the soybean hull, the two knead and strain the soy.

皮を取り終わった二人は、大豆をつぶし、こしていきます。

Após retirar a casca, os dois amassam e coam a soja.

Nyah is thinking a little.

にゃぁは少し考えています。

Nhá está pensando um pouco.

Mao said,
"So, let's put sugar
in the pot...
and some water... salt..."
マオは
「そうしたら、鍋に、
お砂糖を足して・・・
水もちょっと・・・お塩も・・・」
Mao disse,
"Então,
vamos colocar açúcar
na panela...
um pouco de água... sal..."

Mix everything with the strained soy paste.
Cooking and mixing...

こした大豆をぐつぐつ、
まぜまぜ。

Misturar tudo com
a pasta de soja coada.
Cozinhando
e misturando...

Nyah was thinking about it and said.
" 'Keizoku' is difficult, isn't it? I don't think I'm doing it."
" That's right! It's difficult! "
said, Mao.

「『けいぞく』って、むずかしいよね？」
考えていたにゃぁが言います。
「僕、できていないと思う。」
「そうなんだ！むずかしいんだよー！」
と、マオ。

Nhá estava pensando nisso, e disse.
- "Keizoku" é difícil, não é?
  Eu acho que não estou conseguindo.
- Isso mesmo! É difícil!
disse Mao.

27

" I'm thinking of doing "keizoku"
   with other magic and anything, like grandma Azuki,
   but I'm not succeeding...!

「他のマジックや、小豆ばぁちゃんみたいに
他のことも『けいぞく』しようって
おもうんだけど、続けられないんだ・・・！

- Estou pensando em fazer "keizoku" com outras mágicas
   e outros assuntos, como a vovó Azuki,
   mas não estou conseguindo...!

Even though I was trying to make "Anko",
   I couldn't keep mixing
   and I ended up sleeping...
"あんこ"づくりでも、この、
まぜまぜするのが続けられなくて
寝ちゃったくらいだし・・・」

Apesar de estar tentando fazer o "Anko",
não consegui continuar mixando e acabei dormindo ...

Soy paste is getting firmer and heavier.

大豆はだんだん固まって、重たくなってきました。

A pasta de soja está ficando cada vez mais firme e pesada.

" Grandma Azuki is amazing, right?
He said it while taking turns to mix Mao's pot.

「小豆おばあちゃんは、すごいね？」
まぜまぜするのを交代しながら　にゃぁが言うと、

- Vovó Azuki é incrível, né?
Nhá diz enquanto assumia a posição do Mao
de mexer a panela.

Mao continued, saying:
" Yeah, she's amazing.
  She was alone
  and used to make "Anko" every day.

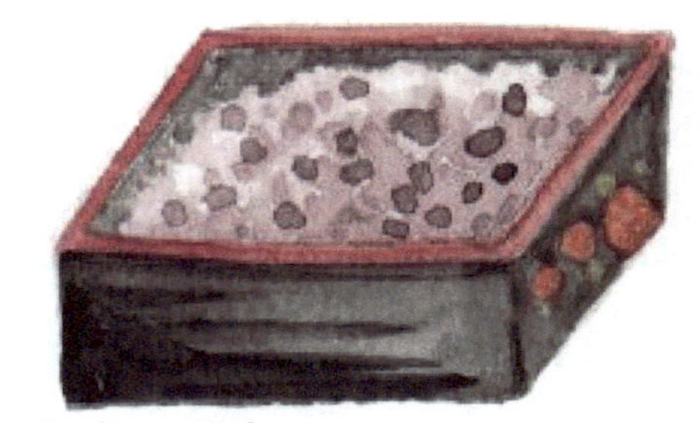

「うん、本当にすごい。”あんこ”も、毎日 一人で作っていたもの。

Mao continuou, dizendo:- Sim, ela é realmente incrível.

Ela sozinha, fazia o "Anko", todos os dias.

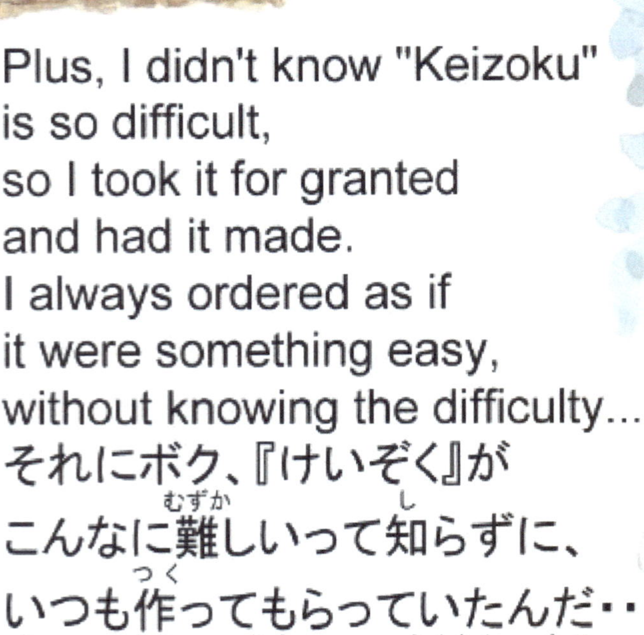

Plus, I didn't know "Keizoku"
is so difficult,
so I took it for granted
and had it made.
I always ordered as if
it were something easy,
without knowing the difficulty...

それにボク、『けいぞく』が
こんなに難しいって知らずに、
いつも作ってもらっていたんだ・・・
当たり前、と思って、簡単に頼んでた・・・」　　　　と、マオ。

Ainda mais, eu não sabia que "Keizoku" era tão difícil,

então sempre abusei da bondade dela...

Sempre pedia como se fosse algo fácil,

sem saber a dificuldade...

He continued, saying:
" Okay, Nyah, I think it's ready! it looks good "Anko".
そして、
「よし、にゃぁ、いいみたいだ！
　このくらい固くなったら、
　"あんこ"みたいだよ！」
と言いました。

E continuou dizendo,
- Ok, Nhá, parece que está bom! Está firme como o "Anko".

The two decided
to try the "anko".
Nya says: "Hmm! It's sweet! How delicious!"
二人は、出来上がった"あんこ"を食べてみることにしました。
「うーん！あまくておいしい！！」
にゃぁが言うと、

Os dois decidiram experimentar o "Anko" que estava pronto.
Nhá diz: "Hmm! É doce!! Que delícia!"

Mao also said:
    " Yes, it's delicious!! I finally did it,
                all because Nyah helped me...! thanks!"

「うん、おいしい！！にゃぁが手伝ってくれたから、
                やっとできた・・・！ありがとう！

Mao também disse:
- Sim, está uma delícia!!
        Eu finalmente consegui,
            tudo isso porque o Nhá me ajudou...! obrigado!

...but...
・・・でも・・・」
...mas...

32

Mao says with a little nostalgia...
" I expected this, but the taste is a little different from 'Azuki'
... Could it be that "Keizoku" is missing...?"

少し寂しそうにマオが続けます。

「やっぱり"あずき"のとは味が違うなぁ・・・

　　　　『けいぞく』が足りないのかなぁ・・・」

Mao diz com um pouco saudades...
- Já esperava por isso, mas,
　　　o sabor é um pouco diferente do "Azuki"...
　　　　　Será que está faltando "Keizoku"...?

Looking at Mao, and Nyah suggested:
" Why don't we ask Grandma Azuki?
   I also want to learn how to do "Keizoku"
                         and also get to know her!

そんなマオを見て、にゃぁは
「・・・小豆おばあちゃんに、聞きに行ってみたらどうかな？
　僕も、『けいぞく』できるようになりたいし、
　　　おばあちゃんに会ってみたい！」
　　　　　　　　　　　　　　　と、言いました。

Olhando como o Mao estava, Nhá sugeriu:
- Por que não vamos perguntar para a vovó Azuki?
  Eu também quero aprender a fazer "Keizoku"
                    e também conhecer ela!

The sun is setting and night is approaching.

日は傾いて、夕暮れが近づいています。

O sol está se pondo e a noite se aproxima.

to be continued...

つづく・・・

continua...

Afterword あとがき Posfácio

In March and September has Ohigan, also known as equinoctial week.

In the temples where we lived, Fujinkai(women's associations) members,

always made "botamochi" and "ohagi" and offered them.

They were very delicious, so every time I was waiting for these.

I helped several times,

but since the bean paste (anko) was already completed, so when I asked

"It's difficult to make anko, isn't it?" they taught me how to make it,

and continued: "It takes time, but it's easy!"

As always it was very tasty and

became one of the unforgettable memories.

By the way, in October we have the memorial service

"EI-TAI-KYO (recitation of the eternal sutra)".

The buddhist memorial service of "EITAI-KYO",

aims to transmit them and leave the teachings for the next generations.

I would like to continue to inherit the teachings of the Buddha,

like the anko recipe with an unforgettable taste.

I hope this is shared with more people. Namandab

3月、9月のお彼岸、今までお世話になったお寺では必ず、
婦人会のみなさんが「ぼたもち」「おはぎ」を作ってお供えされていました。
とてもおいしくて、毎回の法要が楽しみでした。
何度かお手伝いさせていただきましたが、
あんこは出来上がった状態だったので「あんこ作るの大変ですよね」というと、
「時間はかかるけど、簡単よ！」と、作り方を教えてくださいました。
やっぱりとってもおいしくて、忘れられない思い出の一つになりました。
さて、10月は「永代経法要」がお勤まりになりました。
後世に教えを残し、伝えましょう、というのが「永代経」のお参りです。
忘れられないあんこの味のように、レシピのように、伝え、
残していくお手伝いができればいいな、と思っております。
　　　　　　少しでも、多くの人に、広まりますように。なまんだぶ。

No Ohigan de março e setembro,
também conhecido como semana equinocial,
nos templos onde morávamos, às membros da Fujinkai,
associações de mulheres,
sempre faziam "botamochi" e "ohagi" e os ofereciam.
Eram muito deliciosos, então toda vez estava esperando estas datas.
Já ajudei algumas vezes, mas sempre a pasta de feijão estava pronta,
então quando perguntei, "Fazer o anko não dá trabalho?",
elas me ensinaram como fazer, e continuaram: "Demora, mas é fácil!"
Como sempre foi muito saboroso e se tornou uma das lembranças
inesquecíveis.
A propósito, em outubro, temos o ofício memorial
"EI-TAI-KYO (recitação do sutra eterno)".
A recitação do "EITAI-KYO", tem como objetivo transmiti-los e
deixar os ensinamentos para as próximas gerações.
Gostaria de ajudá-lo a transmitir e continuar transmitindo
o ensinamento de Buda, como a receita de anko com o sabor inesquecível.
　　　Espero que isto seja compartilhado com mais pessoas. Namandabu.

https://catanoryneco.com.br

NORYCO

わたし と にゃぁ に力をくれたすべての方に感謝します。

いつも相談に乗ってくれた旦那様、堅田玄悠
私らしいポルトガル語になおしてくれた、ミズタ ヤーゴ
英語翻訳を正してくれた、Carolina Kozima

いつも本当にありがとうございます。

出版前に応援してくださった皆様
連載させてくださった「インターネット寺院 彼岸寺」の皆様
ありがとうございます！

Gostaria de agradecer a todas as pessoas que me e o Nhá ajudaram.

Gen Yu Katata, meu amorzão que sempre me deu bondade.
Gramde amigo, Yargo Mizuta que revisar de tradução o português.
Grande amiga, Carolina Kojima que revisar de tradução o inglês.

Muito obrigada sempre.

Muito obrigada todos que me deu muito carinho antes da publicação,
E também agradeço para todos em "Internet Temple Higanji" que me deu chance de serializad

Agradeço no fundo do coração!